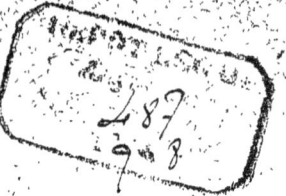

LE

FAYET-SAINT-GERVAIS

(HAUTE-SAVOIE)

INDICATION DE SES EAUX ET DE SON CLIMAT

DANS LE TRAITEMENT

DE L'ECZÉMA ET DU NEURO-ARTHRITISME

PAR

Le Docteur Marcel CRAPONNE

MÉDECIN CONSULTANT AU FAYET-SAINT-GERVAIS

———◦○◦———

PARIS

A. MALOINE, ÉDITEUR

25-27, RUE DE L'ÉCOLE-DE-MÉDECINE, 25-27

—

1908

LE

FAYET-SAINT-GERVAIS

(HAUTE-SAVOIE)

INDICATION DE SES EAUX ET DE SON CLIMAT

DANS LE TRAITEMENT

DE L'ECZÉMA ET DU NEURO-ARTHRITISME

Le Fayet-Saint-Gervais, — L'Établissement Thermal.

LE

FAYET-SAINT-GERVAIS

(HAUTE-SAVOIE)

INDICATION DE SES EAUX ET DE SON CLIMAT

DANS LE TRAITEMENT

DE L'ECZÉMA ET DU NEURO-ARTHRITISME

PAR

Le Docteur Marcel CRAPONNE

MÉDECIN CONSULTANT AU FAYET-SAINT-GERVAIS

PARIS

A. MALOINE, ÉDITEUR

25-27, RUE DE L'ÉCOLE-DE-MÉDECINE, 25-27

—

1908

Saint-Gervais. — Le Village.

LE FAYET-SAINT-GERVAIS

(HAUTE-SAVOIE)

Saint-Gervais, chef-lieu de canton du département de la Haute-Savoie, est situé à 4 kilomètres environ de la station du chemin de fer correspondante (Le Fayet-Saint-Gervais-les-Bains), sur la ligne d'Annemasse à Chamonix. Le Fayet se trouve dans la vallée de l'Arve, qui descend des glaciers du massif du mont Blanc et se jette dans le Rhône, près de Genève, à 40 kilomètres environ de Chamonix. Il est en communication avec les lignes ferrées qui aboutissent à Genève, et par le réseau P.-L.-M., facilement avec les trois grandes villes de France (Paris, Lyon et Marseille). Trois courriers par jour le desservent. En été, deux trains rapides établissent des relations rapides avec Paris. Le trajet dure treize heures au maximum. De Lyon il ne faut que sept heures, et deux à trois heures seulement de Genève.

Au Fayet, même, se trouvent l'établissement de bains, avec les trois sources minérales et thermales, les services hydrothérapiques, le grand parc ombragé et les hôtels de baigneurs qui désirent résider à proximité des bains. On peut y louer, pour la saison, des villas meublées. Le Fayet et les bains sont à 600 mètres au-dessus du niveau de la mer.

Directement au-dessus, à 200 mètres plus haut dans la vallée de Montjoie, que parcourt le fougueux torrent du Bon-Nant, au pied du Mont-Joli, sur les pentes douces du Prarion, à quelques kilomètres à vol d'oiseau des glaciers de la chaîne du mont Blanc (glaciers de Bionnassay, de Miage, de Tré-la-Tête), est situé le village de Saint-Gervais, de 2.000 habitants. Il entoure la gorge sauvage du Bon-Nant, au fond de laquelle se trouvent l'établissement de bains et ses annexes. Une route relie ces deux points, et les voitures qui la sillonnent constamment, mettent quarante minutes pour la parcourir. Un charmant petit sentier de piétons, dans les bois, permet de se rendre en vingt minutes à peine, sans aucune fatigue, de la rue centrale du village au milieu du parc.

Un chemin de fer électrique, dont la construction est presque achevée, permettra bientôt de monter facilement du Fayet, en passant par Saint-Gervais, village au col de Voza, belvédère admirable, d'où l'on embrasse toute la chaîne du mont Blanc. Il est même question de le prolonger jusqu'au Goûter.

Le danger d'inondation de l'établissement par les eaux du Bon-Nant n'existe plus du tout, depuis qu'une voie d'évacuation artificielle de la poche d'eau qui s'était formée autrefois à Tête-Rousse, a été pratiquée par les soins du service des Eaux et Forêts. Que les baigneurs du Fayet soient donc tranquilles !

Le village de Saint-Gervais est assis au milieu des vergers, au pied de montagnes de moyenne altitude (2.500 mètres) et d'accès facile, au point de réunion des routes de Mégeve-Thonés-Annecy et de Contamines.

La vue, dont on jouit de ce site [1] privilégié est ad-

1. Du Fayet la vue est identique.

mirable avec, au nord, la perspective des montagnes qui dominent l'Arve (aiguilles de Varens et de Platé, etc.) large baie, ouverte sur la vallée, très aérée et néanmoins protégée contre les vents du nord. Au fond de la vallée du Bon-Nant on aperçoit les cimes blanches des glaciers de Miage et de Bionnassay.

Le Fayet et Saint-Gervais offrent donc cet immense avantage : 1° de se trouver à proximité des glaciers, sous l'influence de leur air, si frais et si pur, qui permet de supporter les chaleurs de l'été ; 2° d'être à une hauteur accessible à tous, aux tout jeunes enfants comme aux personnes âgées, à qui les hautes altitudes sont interdites. Le climat en est excellent.

Les bois environnants donnent des ombrages suffisants, pour éviter les chaleurs de l'après-midi. Les nuits sont fraîches, mais non précédées de ces subites descentes de température, comme on en observe vers 1.500 mètres, au moment du coucher du soleil. Pas de pluies l'été, pas de brouillards et par conséquent peu d'humidité. Les vents fatigants y sont inconnus. La plupart du temps la brise fraîche des glaciers prédomine.

De plus, cette station ne se trouve pas perchée sur une montagne, qu'il faille constamment gravir ou descendre, pour excursionner. Le village est sur une sorte de plateau, et les excursions à plat sont nombreuses et variées. On y trouve même des voitures qui permettent aux gens fatigués de parcourir les environs [1].

Je ne connais pas, dans la montagne française, d'endroit où l'on rencontre une si grande variété d'excursions, depuis les grandes ascensions jusqu'aux promenades d'enfants, dans les bois, sur les grandes routes, ou dans les prairies.

1. Pour les excursions, voir l'ouvrage publié par MM[rs] Joseph Maguin et Monod.

Le Fayet et Saint-Gervais se trouvent en France, et leurs installations ne laissent rien à désirer comme confort (on y trouve des hôtels de 1ᵉʳ ordre, et des hôtels à prix modérés : tous, très convenables, avec un service parfait et observation des régimes alimentaires prescrits). A eux seuls, ils devraient démentir la triste réputation qu'ont, à l'étranger, nos villégiatures dans les Alpes françaises.

Il semble, en effet, que l'on ne puisse se trouver bien à la montagne, qu'en Suisse, une fois les frontières franchies. Il y a lieu de réagir contre ces croyances, que nous imposons quelquefois aux étrangers. Nos montagnes doivent revendiquer, à juste titre, des droits à l'admiration de ceux qui aiment l'altitude pour tous ses avantages et ses bienfaits. Sachons un peu faire valoir et apprécier les beautés de notre territoire et les facilités de vie qu'on y rencontre.

L'Hôtel des Bains et le Parc.

LES EAUX DU FAYET-SAINT-GERVAIS

Le Fayet-Saint-Gervais est, à la fois, une station thermale, climatérique, et un lieu de villégiature et d'excursion.

La réputation thermale date du siècle dernier. En 1806, M. Gontard, propriétaire du terrain, fit faire des sondages, et découvrit des sources, qui furent analysées par des médecins de Genève. On reconnut qu'elles étaient thermales et qu'elles avaient des propriétés décongestionnantes, en même temps qu'apéritives.

Elles se trouvent, au fond du parc de l'établissement du Fayet, sur le côté gauche de la montagne, à une certaine distance du torrent et de ses cascades. Jusqu'à cette année l'eau sortait des roches, et apparaissait sur le gravier, dans le sous-sol de l'aile gauche de l'établissement. Cette année, d'importants travaux viennent d'être faits, pour aller capter l'eau, à sa propre sortie du rocher, à la faille qui lui donne passage, à 11 mètres de profondeur. On obtient ainsi une plus grande régularité dans le débit et dans la température de la source, ainsi qu'une meilleure homogénéité dans la composition chimique (l'adjonction d'eaux froides étant ainsi évitée). Elles sont au nombre de trois, d'une teneur à peu près identique, mais deux seulement sont utilisées : la source Gontard et la source du Torrent.

L'eau a 45° à la captation (Gontard), 40° au moins à la sortie. Le Torrent a 38° à 40°. Il débite de 28 à 30 li-

tres par minute. Pour Gontard, le débit sera de beaucoup supérieur (5 ou 6 fois), la densité : 1005.

Les eaux sont claires, incolores sous un petit volume,
bleuâtres en grande masse, onctueuses au toucher,
d'une saveur légèrement saline répandant une odeur
sulfhydrique (au Torrent).

Leur minéralisation est de 4 gr. 850 par litre, se
décomposant ainsi :

Sulfate de lithine	0 gr. 102.
Bromure de sodium	0 gr. 03.
Sulfates de chaux	
— de soude	2 gr. 85.
— de magnésie. . . .	
— de potasse	0 gr. 1010.
Chlorure de sodium	1 gr. 65.
Bicarbonate de chaux. . . .	0 gr. 60.
Siluate de magnésium. . . .	0 gr. 05.

La source du Torrent possède en plus de l'hydro-
gène sulfuré.

En somme, elles sont avant tout remarquables par
leurs propriétés physiques adoucissantes et par leur
richesse en lithine et en bromure. Ce sont des eaux li-
thinées, plus riches en lithine que celles de Royat ou
de Châtel-Guyon.

Puis, elles sont sulfatées mixtes et chlorurées sodi-
ques. Cette richesse minérale doit être notée, et peut
ainsi nous expliquer leur diversité d'action. Nous verrons plus tard, qu'elles semblent justement convenir
aux symptômes principaux de l'arthritisme, et que
l'ensemble de leurs propriétés thérapeutiques les indi-
que spécialement pour le traitement général de cette
diathèse.

Ces eaux agissent d'abord sur le revêtement cutané,
par une influence élective, qu'il a été impossible jus-

qu'à maintenant de bien déterminer. Appliquées sur la peau enflammée, elles ont une action physiologique très remarquable, qui se traduit par une décongestion progressive. L'érythème tend à disparaître. De plus, comme le dit notre distingué confrère le Dr Bastian [1], elles « constituent, pour la peau, un topique très doux, onctueux, ne déterminant aucune irritation de la surface eczématique. » Elles font disparaître le prurit et les eczémateux ne tardent pas à être calmés de leurs démangeaisons si pénibles.

Bains. — Les bains de la source Gontard sont donnés à une température de 35°, un peu au-dessous du degré des sources. Relativement courts (d'une durée de un quart d'heure au maximum), ils sont lénitifs, adoucissants et procurent le sommeil aux nerveux. Trop longs ils peuvent être mauvais et amener une excitation des vaso-moteurs.

Les bains de la source Torrent, aux mêmes températures, d'une durée un peu supérieure, peuvent convenir aux formes atones, peu irritables, de l'eczéma, à cause de leur léger degré de sulfuration, qui amène une petite poussée.

Pulvérisations. — Les pulvérisations sont employées également pour certains eczémas, comme nous le verrons plus tard.

Les eaux du Fayet-Saint-Gervais agissent ensuite à l'intérieur. Prises en boisson elles ont des effets laxatifs et diurétiques. La source Gontard, bue le matin, à jeun, en deux ou trois fois, à une dose totale de 500 à 1000 grammes, amène, au bout de quelques jours, des effets laxatifs. Elle « améliore la sécrétion des hyperchlorhydriques et est eupeptique [2] ».

1. Voir Bastian. *Les eczémateux au Fayet et Saint-Gervais-les-Bains.*
2. Voir Guéridaud. *Les neuro-arthritiques à Saint-Gervais.*

Il est nécessaire parfois d'ajouter un peu de sel (sulfate de soude) ; car les doses des principes purgatifs sont faibles (2 à 3 grammes).

Les effets diurétiques sont plus certains. La filtration rénale est augmentée, la quantité d'urines émises devient supérieure à ce qu'elle était. Ceci est dû à la présence de sels de potasse et de lithine et doit recommander particulièrement ces eaux, pour le traitement de l'arthritisme en général.

La dose matinale est de 500 à 600 grammes en trois verres.

Le Fayet Saint-Gervais est enfin une station climatérique (voir pages précédentes).

INDICATIONS DES EAUX ET DU CLIMAT
DU FAYET-SAINT-GERVAIS

Le Fayet-Saint-Gervais est la station idéale pour
l'arthritisme, soit par les propriétés de ses eaux qui
s'adressent à la plupart de ses manifestations, soit par
son climat qui exerce une heureuse action sur la maladie en général. Sans doute le traitement de l'eczéma
a fait sa réputation ; mais l'eczéma, comme nous le
verrons plus loin, s'observe surtout chez les arthritiques et notre première assertion peut être maintenue.

D'abord qu'est-ce que l'arthritisme ?

L'arthritisme est une diathèse, une constitution spé-
ciale[1], avec un dynamisme anormal des principales fonctions d'assimilation, un tempérament que caractérise
un vice des échanges nutritifs. J'emprunte, à l'excellent livre que vient de publier M. de Grandmaison
sur l'arthritisme, une définition peut-être moins générale : « L'arthritisme est un état morbide, caractérisé
par l'hyperacidité des humeurs, déterminé par le ralentissement des mutations nutritives et entretenu par
les auto-intoxications qu'il a engendrées. »

C'est donc une tare constitutionnelle, que l'on possède en venant au monde. On naît arthritique ; rare-
ment on le devient. C'est là une des constatations les

1. Le mot diathèse vient du grec διατίθημι, je constitue.

plus tristes du déterminisme héréditaire. « Chacun de nous apporte en naissant son dossier », a dit Hanot, compliqué des accidents de la vie fœtale et embryonnaire.

La doctrine de l'arthritisme est ancienne. Nullement démodée à notre époque, elle a résisté à toutes les attaques. On n'a pas manqué de lui rendre cet hommage dernièrement [1].

Depuis longtemps, le mot « arthritis » signifie maladie de la goutte. Les anciens auteurs avaient donné ce mot, pour bien mettre en avant la détermination articulaire de la diathèse. Depuis on a vu, dans l'arthritisme, des maladies générales, à tendance articulaire (rhumatismes). De nos jours, son cadre est devenu plus vaste : Si on lui enlève la maternité du rhumatisme articulaire aigu et de l'artério-sclérose [2] on lui rattache par contre certaines dermatoses (eczéma, urticaire, psoriasis, etc.), certains troubles digestifs, la neurasthénie, enfin les lithiases hépatique et urinaire, le diabète, etc. Ce sont, en somme, toutes les affections caractérisées par l'hyperacidité des humeurs, et par le ralentissement de la nutrition, que certains auteurs ont englobées sous le nom de « bradytrophisme » (Landouzy), d' « herpétisme » (le mot a disparu) ou d' « hépatisme », le foie étant ici surtout en cause.

Les arthritiques, qui sont « légion aujourd'hui dans notre société surmenée [3] », sont des malades à nutrition retardée, ralentie. Ils se nourrissent, ils mangent même beaucoup, mais ils ne brûlent pas les aliments qu'ils ont ingérés. J'ai montré que l'hérédité devait tenir la première place dans l'étiologie de leur maladie.

1. Voir rapport du Dr Chatin sur l'Arthritisme, au Congrès de Lille, 1905.
2. *Idem.*
3. Guéridaud. *L'Arthritisme à Saint-Gervais.*

Ce sont ensuite, des gens habitant la ville, souvent des intellectuels, ayant des professions de bureau qui interdisent l'exercice physique, habitants des pays froids et humides, hommes d'affaires surmenés, en proie à tous les soucis. Avec ces conditions de vie (défaut d'exercice, pas de vie au grand air) l'assimilation des aliments se fait mal.

Si la nutrition est insuffisante, des produits de combustion incomplète vont encombrer l'organisme.

D'après Bouchard, il y a nutrition retardante quand:

« 1° Après l'ingestion d'une quantité déterminée d'aliments, l'organisme met un temps plus considérable qu'à l'état normal pour revenir à son poids primitif;

« 2° . . . . . . ; 3° . . . . . . ;

« 4° Quand, avec la ration d'entretien, la quantité des excreta est moindre que la normale ;

« 5° Quand, pendant l'abstinence, la diminution du poids du corps est moindre que normalement;

« 6° Quand, pendant l'abstinence, la quantité des excreta est moindre que normalement ;

« 7° Quand, on voit apparaître dans les excreta des produits incomplètement élaborés, l'acide urique, l'acide oxalique, les autres acides organiques, les acides gras volatils ;

« 8° Quand, il s'accumule dans le corps un ou plusieurs principes immédiats, l'alimentation étant d'ailleurs normale ;

« 9° Quand il y a plus qu'à l'état normal, un abaissement de la température du corps pendant le repas et pendant l'abstinence, et particulièrement pendant le sommeil. »

Ces produits anormaux, révélateurs de l'arthritisme, se rencontreront dans les principaux organes éliminateurs dont ils troubleront les fonctions.

L'analyse des urines permettra de constater l'augmentation de l'acide urique, signe de la plus haute importance [1], la diminution de l'urée, et enfin la présence d'éléments anormaux (traces d'acide oxalique et lactique). Elles sont hyperacides. Leur volume est en général diminué (oligurie). Il est augmenté, si l'artério-sclérose est venue compliquer la situation, et si l'élimination cutanée (fonction sudoripare) est presque abolie.

Souvent, en effet, les fonctions du revêtement cutané se font mal.

L'activité glandulaire est diminuée. La peau de l'arthritique est sèche, rugueuse, « dépourvue de cette onctuosité, de cette fraîcheur qu'on rencontre ordinairement chez les gens bien portants » (de Grandmaison).

De l'insuffisance évidente, des échanges nutritifs, des combustions intimes qui se passent dans le sein des tissus, et qui constituent l'énergie vitale, doivent découler trois faits importants :

1° Un trouble dans la calorification (thermo-genèse);

2° L'hypotension artérielle ;

3° L'accumulation des graisses.

1° L'arthritique ne possède point la chaleur intérieure qui lui convient. Il a toujours froid. S'il n'est pas en activité musculaire, s'il reste enfermé dans une pièce, à température moyenne, il souffre du froid, et accumule vêtements protecteurs sur lui. La nuit, cette sensation devient très pénible, et souvent de nombreuses couvertures n'arrivent pas à la vaincre. Elle a des sièges d'élection : les épaules, la région inter-scapulaire, les mains et la plante des pieds.

Les hivers froids des pays du Nord sont mal supportés. Dehors, par les vents secs, l'arthritique est sujet à des défaillances, à des vertiges; il accuse des

1. M. Héricourt, dans son *Traité d'Hygiène moderne*, considère « l'uricémie » comme l'équivalent total de l'arthritisme.

douleurs frontales très pénibles. Les temps humides, les orages l'abattent. Dans les appartements, il ne peut difficilement rester en place, sans avoir froid.

Aussi, au commencement du printemps, l'organisme est affaibli. Encombré de produits anormaux, d'oxydation insuffisante, ses rouages, encrassés, ne fonctionnent plus. L'existence de ces pauvres malades est alors très pénible.

2° La diminution de la pression artérielle s'observe dans l'arthritisme, comme dans tous les cas où la nutrition est insuffisante. Le pouls est « d'ordinaire assez difficile à découvrir, faible et lent, bien que large, facilement dépressible, souvent dichrote » (de Grandmaison). Sur 63 cas, cet auteur a trouvé au sphygmodynamomètre :

Hypotension	26	cas
Tension normale. . . .	28	»
Hypertension.	9	»
	63	»

3° L'arthritisme est la « rançon du bien-être », a-t-on dit [1]. C'est la maladie des gens qui font bonne chère, mangent beaucoup, dorment trop et dépensent peu.

D'où accumulation des réserves alimentaires, des graisses, adipose.

Sur ce fond d'arthritisme, peuvent se produire, au fur et à mesure de l'existence, de nombreuses manifestations ; car la diathèse est essentiellement protéiforme.

Elle se révèle par des phénomènes articulaires, cutanés, viscéraux, sans qu'il y ait le moindre rapport entre eux. L'un succède à l'autre, sans aucune raison. On a énuméré depuis longtemps la pléiade de maux qui peuvent empoisonner l'existence de l'arthritique, depuis sa naissance jusqu'à la vieillesse (troubles digestifs et

1. Comby. *Traité des maladies de l'enfance.*

2

intestinaux de la deuxième enfance, migraines de l'adolescence, dyspepsie flatulente, eczémas, urticaires, coliques hépatiques, néphrétiques, goutte-diabète asthme, etc.). La diathèse nous réserve toutes ces surprises permettant, parfois, une existence longue.

Je n'aurai ici en vue que celles qui sont justiciables du traitement de Saint-Gervais : l'eczéma, l'urticaire et le psoriasis, certaines dyspepsies avec constipation, la gravelle, enfin le neuro-arthritisme *avec prédominance des troubles nerveux.*

L'eczéma au Fayet-Saint-Gervais. — L'eczéma est une des manifestations cutanées les plus habituelles de l'arthritisme. Quelles que soient d'ailleurs les causes occasionnelles qui en déterminent l'apparition, il est certain qu'il se rencontre la plupart du temps chez des personnes qui en souffrent.

« Pour les dermatologistes français, dit M. Brocq dans son *Précis élémentaire de dermatologie,* l'eczéma doit être considéré comme une manifestation externe d'un état général, quel que soit d'ailleurs le nom que l'on donne à cet état général : diathèse, arthritisme, ralentissement ou altération de la nutrition, hérédité, nervosisme. »

« Pour MM. Hallopeau et Leredde, il est certain que l'eczéma peut coïncider, ou alterner, avec d'autres manifestations de l'arthritisme. »

« Dans certaines familles, dit Thibierge [1], l'eczéma s'associe presque toujours à la goutte, aux lithiases biliaire et rénale, aux manifestations articulaires chroniques, aux migraines, aux névralgies diverses, en un mot à toutes les manifestations de l'arthritisme, dont l'eczéma est tantôt le compagnon, tantôt l'équivalent morbide. »

---

1. *Thérapeutique des maladies de la Peau.* Tome I.

Ce qui domine l'étiologie de l'eczéma, du psoriasis, de l'urticaire, dit souvent le professeur Gaucher,
à ses leçons c'est l'état constitutionnel, la diathèse,
l'arthritisme.

Le Fayet Saint-Gervais est surtout connu pour le
traitement de l'eczéma. De nombreux succès ont éta-
bli et consacré sa réputation.

Une étude complète de cette dermatose n'a pas sa
place ici. Pour connaître son étiologie variée, ses formes cliniques, son traitement, consulter les ouvrages
de dermatologie, et, en particulier, le dernier *Traité
de Dermatologie appliquée* de MM. Besnier, Brocq et
Jacquet.

Je me bornerai à dire ici que les formes qui sont
très améliorées et guéries à l'établissement sont : les
formes sèches, sans infiltration prononcée du tégu-
ment, à évolution subaiguë, avec exacerbations fréquen-
tes ; les formes prurigineuses, avec léger suintement ;
quelques formes atones, torpides qui ont besoin d'être
stimulées.

Les eczémas de toutes les régions, en particulier
ceux des organes génitaux (ano-vulvaires), peuvent
y être envoyés et bénéficier du traitement, sous toutes
ses formes.

L'eczéma devra y être soigné, en tant que manifestation de l'arthritisme. L'influence de cette dernière
peut se faire sentir à tous les âges.

Pour l'enfant, le grand air de la montagne aura un
effet excellent sur le lymphatisme, qui favorise le développement de l'eczéma.

Chez le vieillard, il faudra tenir compte de la possi-
bilité des substitutions, ou des alternances graves du
côté des viscères et être très prudent au commencement du traitement. En tous cas, celui-ci devra s'adres-

ser à l'affection cutanée, comme aux troubles organiques.

Les bains sont donnés tièdes, à une température voisine de 32° ; d'une durée variable et dépendant de la forme d'eczéma à traiter et de l'effet thérapeutique que l'on recherche. Les propriétés des eaux et leurs principaux effets ont déjà été indiqués. Je rappelle rapidement qu'elles agissent surtout en décongestionnant progressivement la peau, en modérant l'inflammation, et en calmant le prurit.

Les pulvérisations sont également employées pour certaines formes d'eczéma atones, torpides. Elles amènent une légère excitation et stimulent la circulation de la peau.

Le traitement interne ne devra pas être négligé. Les propriétés laxatives et diurétiques des eaux du Torrent, prises à une dose variant de 500 à 1.000 grammes, auront les meilleurs effets, pour les malades porteurs d'eczéma, qui ne devront jamais être constipés et dont la quantité d'urines est toujours à surveiller.

D'autres affections cutanées, très communes chez l'arthritique, comme l'urticaire, des dermatoses sèches, prurigineuses, comme le psoriasis, se sont également bien trouvées du traitement.

Le régime alimentaire sera très surveillé. Tous les médecins sont actuellement d'accord pour conseiller à l'eczémateux de peu manger. La ration alimentaire, jusqu'alors trop abondante, devra être diminuée. Sans vouloir faire une guerre acharnée à tous les aliments, les uns après les autres, je crois qu'il en est certains qui devront être définitivement bannis de la table du malade : les crudités, sauf certains fruits comme le raisin, certains légumes, tomates, oseille, la charcuterie (le jambon excepté), les fromages faits, le gibier avancé, les sauces, la pâtisserie, etc.

Le repas de midi se composera de trois plats, avec les mets permis. A celui du soir, on ne donnera pas de viande, ni d'œufs. Deux plats suffiront. On recommandera de peu boire, et on défendra le café et les liqueurs.

Après le repas, un peu d'exercice est à recommander.

LE NEURO-ARTHRITISME

La neurasthénie guette constamment l'arthritique au cours de son existence. Elle est là, toujours dans son ombre, prête à éclater, sous la moindre influence. « L'arthritisme est un terrain tout à fait favorable pour l'apparition du syndrome neurasthénique. » (Leçons du professeur Raymond à la Salpêtrière.)

« La cause prédisposante, par excellence, de la névrose, dit M. Ballet, dans son *Hygiène du neurasthénique*, c'est l'hérédité neuro-arthritique. »

Issu de parents neuro-arthritiques, l'enfant est menacé un jour ou l'autre par l'éclosion de la maladie, et compromis dans son développement normal. Certains signes permettent de déceler, dans les premières années, la susceptibilité nerveuse, le vice constitutionnel du système nerveux. Rien ne renseignera mieux que l'étude du sommeil. Examinez les tout jeunes enfants, ainsi prédisposés, pendant la nuit. Ils dorment mal, ils ne sont pas tranquilles ; ils poussent souvent de petits cris, sont agités par des secousses. Ils se réveillent brusquement, en proie à des terreurs, croyant voir des bêtes autour d'eux, appellent et crient.

Avec cela, leur caractère est inégal. Très affectueux par moment, leur humeur change vite. Ils deviennent grognons, capricieux, très exigeants. Ils sont craintifs, impressionnables, émotifs, d'une timidité exagérée.

Quelques troubles organiques permettront de recon-

naître leur tempérament arthritique : mauvaises digestions, renvois, dilatation de l'estomac, bronchites et
catarrhes naso-pharyngiens fréquents (Comby), eczémas et urticaire, etc.

Ces premiers signes constatés, il faut soumettre ces
enfants à des règles d'hygiène sévères, sous peine de
voir la diathèse se renforcer et donner plus tard des
accidents difficiles à guérir.

« C'est à l'arthritisme naissant de l'enfant, disait
le professeur Landouzy, dans sa conférence sur Saint-
Gervais [1], qu'il faut vous attaquer, si vous ne voulez
pas le voir s'installer chez l'adulte, s'y développer en
une ou plusieurs organopathies.» Et il recommande
particulièrement Saint-Gervais, pour ces héritiers de
neuro-arthritiques, qui devraient venir y faire des
« manœuvres annuelles de santé ».

Une fois l'adolescence passée, le jeune homme de
souche arthritique va être sujet aux accidents neurasthéniques. Qu'est-ce qui va en déterminer l'apparition?
L'entrée dans la vie et ses soucis, le choix d'une car-
rière, les études trop fortes, les veilles, les insomnies,
le développement intellectuel prédominant, la vie dans
les chambres ou les bureaux, l'existence surchauffée
dans les villes, les excès génitaux, etc. La neurasthénie s'installe, et si elle n'est pas soignée, si le genre
de vie n'est pas modifié, elle deviendra tenace et re-
belle au traitement.

Le neuro-arthritisme doit être distingué de la neurasthénie acquise, souvent facilement curable. Sous
cette forme, la neurasthénie est peut-être plus lente à
apparaître ; son début est plus tranquille, plus insi-
dieux, plus lent, mais une fois installée et bien décla-
rée, elle s'atténuera plus difficilement et pourra réci-

1. Voir étude du Dr Guéridaud. *Les enfants neuro-arthritiques à Saint-Gervais.*

diver. La tare héréditaire a laissé le système nerveux sans défense.

En proie à des migraines constantes, à de la fatigue cérébrale au moment des lectures et des conversations un peu longues, le neurasthénique ne peut plus travailler et fuit la société de son semblable. Il passe son temps en « ruminations » maladives, se préoccupe de son avenir, de sa santé. Le sommeil est perdu. Le courage est abattu, le moral affaissé. Il ne veut plus rien entreprendre, devient sombre et méfiant, taciturne, prend en horreur tous ceux qui l'entourent, sa propre famille. L'atonie gastro-intestinale s'installe. Il ne mange plus, digère mal, ne va plus à la selle. Il maigrit énormément, perd ses forces, ne peut plus se traîner et, au lever du lit, le matin, la lassitude générale est plus accusée que la veille au soir.

Tel est, en résumé, le tableau de la crise neurasthénique simple [1]. Chez l'arthritique, elle va s'enrichir des signes qui caractérisent le tempérament du malade.

Le neuro-arthritique se reconnaît à une extrême susceptibilité aux perturbations atmosphériques, aux changements de temps. Il craint les orages, la grêle. Il supporte difficilement les climats humides, les grands froids, les vents crus et secs. Il accuse des douleurs rhumatoïdes, des points douloureux au thorax, de l'angoisse respiratoire. Son pouls est petit, faible, avec de l'hypotension, marquée avant les repas. La température est légèrement au-dessous de la normale. On constate chez lui une frigidité génitale presque complète. Il peut rester des mois, sans aucun désir, sans aucun appétit sexuel.

1. Consulter les ouvrages de Bouveret, de Gilles de la Tourette, de M. de Fleury, de G. Ballet, du professeur Raymond, etc., (sur la neurasthénie et son traitement).

Le volume des urines est quelquefois augmenté (polyurie nerveuse), souvent diminué. On y trouve des chlorures en excès (de Grandmaison).

Après tous ces accidents nerveux, qui, encore une fois, ont tendance à revenir, l'arthritique peut ne pas être au bout de ses misères.

L'évolution de sa maladie est souvent lente et progressive. A un certain âge, vers 45 ans, si les soins ont manqué, les complications viscérales (organopathies : hépatite, gravelle, bronchites asthmatiques, etc.) tendent à prédominer. Elles se succèdent les unes aux autres, avec tout leur cortège de souffrances. Le pire est qu'elles coexistent, sous la forme d'arthristime généralisé, faisant de l'existence du malheureux malade, dont tous les organes sont pris, un véritable martyr.

TRAITEMENT DE L'ARTHRITISME ET DU NEURO-ARTHRITISME

Tout le traitement de l'arthritisme est contenu dans les trois indications suivantes :

1° La vie au grand air, essentiellement physique, avec de l'exercice modéré, sans soucis moraux, sans travaux intellectuels ;

2° Le traitement par les eaux thermales et l'hydro-thérapie ;

3° Le régime alimentaire réglé, réduit.

Quand les symptômes nerveux prédominent (neuro-arthritisme) il y aura lieu d'y adjoindre le relèvement du moral, le traitement par la persuasion, en un mot la psychothérapie.

1° *Vie au grand air.* — L'arthritique étant presque toujours un habitant des villes, aux habitudes sédentai-res, devra quitter le milieu où il réside, où sa maladie s'est accrue et aller vivre au grand air. Où l'enverra-t-on ? et, surtout si c'est un névropathe, que lui indi-quera-t-on comme lieu de cure ?

En pleine campagne ? dans la plaine ? Mais l'air n'y est pas vif, pas tonique. L'été, il y fait très chaud. On n'y trouve guère d'installations propres à recevoir des malades et l'ennui y est à redouter.

Aux villes d'eaux ? mais là, mêmes inconvénients pour le climat (j'excepte naturellement les stations de montagne), et de plus le bruit, et la distraction qu'on y trouve ne conviennent nullement, à des personnes qui doivent rechercher le calme.

A la mer ? Beaucoup de nerveux s'en trouvent mal. Ils y deviennent encore plus excités, ils y sont en proie à des angoisses pénibles, ils n'y dorment pas. Le spectacle de la mer, les impressionne, les attriste, le bruit les fatigue.

Dans les établissements de psychothérapie? mais ces maisons de traitement sont presque toujours dans les grandes villes, où l'air est étouffé, l'été, où l'on évite difficilement le bruit, où l'on oublie mal les misères et les tristesses de la vie.

Enfin à la montagne ? Tous les médecins neuropathologistes sont d'accord, pour conseiller l'altitude aux neurasthéniques, et leur donnent la préférence sur les autres traitements.

« La cure d'altitude », dit Maurice de Fleury [1], « m'apparaît comme un des moyens les plus rationnels, les plus puissants et les plus fidèles, de vaincre la maladie de Beard. »

« Le séjour à la montagne jouit d'une vogue méritée dans le traitement des états névropathiques et de la neurasthénie en particulier [2]. »

Arnozan [3] soutient que « sous sa forme cérébrale la neurasthénie réclame le séjour à la montagne... Entraîné et séduit par les beautés de la nature, le neurasthénique y retrouve l'équilibre mental et la force morale que l'existence enfiévrée des villes lui avait fait perdre. »

« La vie des altitudes est puissante contre la neurasthénie. » (Regnard. [4])

---

1. Maurice de Fleury. *Les grands symptômes neurasthéniques.*
2. G. Ballet. *Hygiène du neurasthénique.*
3. Arnozan. *Précis de thérapeutique.*
4. D* Regnard. *La cure d'altitude.*

On pourrait encore faire de nombreuses citations.

Concluons que le climat de la montagne est ce qui convient le mieux aux arthritiques qui font de la neurasthénie. Quels sont les avantages de ce climat? A la montagne, la pression atmosphérique est moins élevée qu'en plaine, l'air plus sec, plus pur, plus vif (surtout près des glaciers), la radiation solaire plus vive (Ballet). Les grosses chaleurs y sont rares, les nuits toujours fraîches.

Au bout de quelques jours de séjour, le bon effet se fait sentir. La lassitude tend à disparaître. Des malades qui ne pouvaient pas faire un pas en ville, deviennent des marcheurs. La respiration devient plus aisée, plus libre, le nombre des globules rouges augmente (hypercythémie), l'appétit renaît, la digestion devient plus facile, et enfin, chose importante, le sommeil est retrouvé. Avec cela, le neurasthénique reprend espoir. Son moral s'améliore et sa gaieté revient.

Les excités, comme les tristes, les mélancoliques finissent par aimer le spectacle des montagnes : car leur majesté tranquille, leur masse imposante calment l'esprit, en faisant oublier les misères de la vie. La grâce de leurs contours, de leur dessin dans le ciel, la variété de leurs formes, de leurs couleurs, leur parure blanche ou verte, tout cela égaie, réjouit le regard, et dissipe la tristesse, de ceux en particulier qui ont horreur de la monotonie.

A la montagne, on pense moins et on oublie vite.

Du choix de la station. — Il faut encore que la station choisie présente certaines conditions météorologiques : qu'elle soit dans un site riant avec des promenades faciles, des ombrages, de la vue, un horizon étendu, qu'elle soit à l'abri des vents, que les brouillards et l'humidité y soient inconnus, enfin qu'elle soit d'un accès facile, et pas trop élevé (de 800 à 1.400 mètres).

Saint-Gervais répond à tous ces desiderata. Ses

avantages climatériques ont déjà été signalés et il est inutile de revenir là-dessus. Je rappelle seulement que les installations y sont confortables, les hôtels ne laissant rien à désirer, sous le rapport des chambres et de la nourriture. On y trouve de nombreuses villas meublées pour les malades qui désirent l'isolement.

2º Le traitement thermal a ses indications dans plusieurs manifestations de l'arthritisme. Les eaux, en boisson, décongestionnent le foie, favorisent la digestion, facilitent les garde-robes et leurs effets diurétiques incontestables sont très précieux (le taux de l'acide urique est diminué).

On trouvera à Saint-Gervais, une installation d'hydrothérapie qui peut rivaliser avec celles de nos plus grandes stations de France (Vichy, Biarritz, Aix, etc.). La douche est absolument nécessaire aux neuro-arthritiques : elle sera le complément indispensable du traitement. Elle active la circulation cutanée, décongestionne les viscères. Avec l'exercice physique modéré, elle paraît être le meilleur stimulant de la nutrition ralentie, le meilleur agent d'élimination des produits nocifs. De plus, elle calme le système nerveux, procure le sommeil.

Elle est administrée, à l'établissement, suivant les prescriptions du médecin, qui peut la donner lui-même, si cela est nécessaire. Elle peut être froide, tempérée, chaude, écossaise, avec jet direct ou brisé, de percussion plus ou moins énergique, de durée variable. Tout dépend de l'état du malade. Pour les neuro-arthritiques, qui souffrent d'atonie gastro-intestinale, nos préférences vont à la douche froide, courte (30 secondes), avec percussion moyenne.

3º Le régime alimentaire doit être surveillé. Cette question, importante pour le traitement de l'eczéma a déjà été traitée (voir page 20). Pour ce qui est de l'ar-

thritisme en général, je ne saurais mieux faire que de
m'en tenir à ces mêmes prescriptions avec un peu moins
de rigueur toutefois : repas moyennement abondant à
midi, le soir plus léger, avec exclusion de la viande et
des œufs. L'arthritique doit peu manger : s'il est obèse,
il doit perdre du poids. Mais il faut se rappeler que
c'est surtout l'assimilation qui est, chez lui défec-
tueuse. La question des dépenses importe plus que
celle de recettes. Aussi faut-il lui prescrire un peu
d'exercice, après les repas, au moment des digestions,
quelques marches, à plat, à l'abri du soleil.

Chez les nerveux, qui souffrent de dyspepsie par atonie gastrique, le lait, aux repas, n'est pas à conseiller.
Il n'est pas supporté et écœure le malade.

Pour les neurasthéniques affaiblis et amaigris; une
nourriture substantielle peut être indiquée, ainsi que
le repos horizontal et une tranquillité complète (pas de
lectures ni de conversations) après le repas.

En résumé toutes ces prescriptions alimentaires dé-
pendent avant tout du malade et des règles précises
ne sauraient être indiquées ici, surtout quand on songe
que la ration alimentaire suffisante peut être essentiellement variable, suivant la race, suivant le climat, suivant le genre de vie de l'individu.

Les neurasthéniques envoyés à la montagne doivent être très surveillés. Dans les premiers jours, ils
présentent un peu d'excitation; ils se découragent et
dorment mal. Le rôle du médecin est de gagner de
suite leur confiance, de leur montrer qu'il ne faut pas
s'en tenir à une première impression, à les faire pa-
tienter pendant les deux ou trois premiers jours de la
cure. Les bons effets de l'altitude ne tarderont pas à se
faire sentir. Il faut les suivre, leur montrer le progrès
qu'ils font, leur faire reprendre confiance en eux-mê-
mes. Cette psychothérapie peut être faite à la monta-

gne, aussi bien qu'en ville, à Saint-Gervais surtout, où l'on a tant d'adjuvants précieux pour amener la guérison du malade.

Durée de la cure. — En général, elle est de trois à quatre semaines pour le traitement de l'eczéma.

La saison commence au Fayet et à Saint-Gervais, le 1ᵉʳ juin et finit le 30 septembre. Elle y est plus longue que dans les stations plus élevées où l'on ne peut aller que vers le 10 juillet. Une seule cure est insuffisante. Sans doute, l'arthritisme pourra être amélioré, par ce premier essai. Mais, malheureusement, cette redoutable affection, calmée pour un certain temps, a de grandes chances de se révéler de nouveau, surtout si les causes qui ont déterminé son apparition, sont encore présentes. Il faudrait que ceux qui en sont atteints vinssent tous les ans, à Saint-Gervais, opposer une nouvelle résistance au développement de la maladie, y passer le temps de leurs vacances, les parents avec leurs enfants (car Saint-Gervais est une station de puériculture renommée). Tous y amélioreraient leur santé, y reprendraient des forces, pour regagner, l'automne, les grandes villes, où de nouveaux soucis et de nouvelles fatigues les attendent.

A. MALOINE, Éditeur, 25-27, Rue de l'École-de-Médecine, Paris.